Vente du Samedi 21 Avril 1877

HOTEL DROUOT, SALLE N° 1

BIJOUX ET ORFÉVRERIE

OBJETS VARIÉS

TAPISSERIES ET GUIPURES

EXPOSITION PUBLIQUE : le jour de la vente

DE MIDI A DEUX HEURES.

COMMISSAIRE-PRISEUR,
Mᵉ CHARLES PILLET,
10, rue de la Grange-Batelière.

EXPERT,
M. CHARLES MANNHEIM,
7, rue Saint-Georges.

CATALOGUE

BIJOUX & ORFÉVRERIE

Bijoux montés de diamants; Broches, Bracelets, Bagues,

Boutons de manchettes, Épingles en or et enrichis de camées, de diamants

et de pierres fines;

ORFÉVRERIE ANCIENNE

Porcelaines; Émaux peints de la Chine; Objets variés.

TAPISSERIES, DENTELLES & GUIPURES

DONT LA VENTE AURA LIEU

HOTEL DROUOT, SALLE N° 1,

Le Samedi 21 Avril 1877,

À DEUX HEURES.

Par le ministère de **M° CHARLES PILLET**, Commissaire - Priseur,
10, rue de la Grange-Batelière,

Assisté de **M. CHARLES MANNHEIM**, Expert, 7, rue Saint-Georges,

Chez lesquels se trouve le présent Catalogue.

Ex position publique : Le jour de la vente, de midi à deux heures.

CONDITIONS DE LA VENTE

Elle sera faite au comptant.

Les acquéreurs payeront en sus des adjudications *cinq pour cent* applicables aux frais.

L'Exposition mettant le public à même de se rendre compte de l'état des objets, aucune réclamation ne sera admise une fois l'adjudication prononcée.

Paris. — Typ. PILLET et DUMOULIN, 5, rue des Grands-Augustins.

DÉSIGNATION DES OBJETS

BIJOUX

1 — Broche formée d'un ruban orné de diamants.

2 — Deux boutons d'oreilles formés chacun d'un fort brillant.

3 — Bracelet en or enrichi de diamants, rubis et saphirs.

4 — Un bouton d'oreille orné d'un saphir entouré de brillants.

5 — Rosace pour épingle de coiffure montée de diamants.

6 — Bracelet formé d'une chaîne d'or à laquelle est appendue une petite montre de forme sphérique.

7 — Demi-parure formée d'une broche et de deux dormeuses ornées d'améthystes entourées de demi-perles.

8 — Collier orné de camées et de plaques de jaspe et
d'agate.

9 — Autre collier émaillé orné d'une pierre gravée et de
corail.

10 — Croix normande en or et strass.

11 — Collier en or émaillé à fond noir.

12 — Croix en argent doré et turquoises.

13 — Quatre bracelets en argent, ornés de turquoises.

14 — Collier en or émaillé, enrichi de pierreries et de
petits nicolos.

15 — Cachet formé d'une topaze monté en argent doré et
surmonté d'un petit cheval se cabrant.

16 — Deux chaînes en argent. Travail russe.

17-19 — Diverses parures en argent et turquoises.

20 — Deux pendants d'oreilles en argent doré et turquoises.

21 — Eventail Louis XV, en ivoire sculpté et feuille peinte
représentant le Triomphe de Bacchus et d'Ariane.

22 — Éventail Louis **XVI**, à monture d'ivoire sculpté et feuille de soie peinte à médaillons de personnages et groupes de fruits.

23 — Autre éventail en ivoire repercé à jour et rehaussé d'or, décoré d'un médaillon représentant la Naissance de Jupiter.

24 — Éventail Louis **XVI**, à monture de nacre et feuille peinte, sujet champêtre.

25 — Grand médaillon en argent ciselé, doré en partie.

26 — Médaillon et deux boutons de manchettes en or de couleur, ciselé à trophée de musique.

27 — Bague marquise ouvrante, en or et roses.

28 — Deux pendants d'oreilles en or repercé.

29 — Médaillon en or, avec améthyste entourée de demi-perles.

30 — Médaillon en or de style étrusque.

31-33 — Six bagues en or, enrichies de roses, de perles et de pierres fines.

34 — Collier passementerie or.

35 — Bracelet formant broche et pendant, or repercé et pierres fines.

36 — Broche en or, ornée d'un camée dur.

37 — Autre broche ornée d'un camée avec monture en or, émaux peints et roses.

38 — Médaillon camée monté en or, enrichi de roses et d'émaux peints.

39 — Médaillon genre italien, orné d'une jolie peinture monté en or et enrichi de roses.

40 — Broche formant pendant en or de couleur ciselé et fer damasquiné.

41 — Belle croix en lapis-lazuli avec monture en or.

42 — Broche Pompadour en or de couleur ciselé sur argent et perles fines.

43 — Deux broches, deux épingles et un bracelet ornés de scarabées et montés en or.

44-47 — Vingt-sept boutons de manchettes ou de chemises en or, enrichis de pierres et de perles fines.

48 — Livre d'heures en ivoire et vermeil ciselé.

49 — Cinq turquoises, talismans gravés d'Orient.

50 — Quatre mosaïques de Florence pour pendeloques.

51-53 — Divers lots de pierres dures diverses : cornalines,
jaspes, yeux de chats, onyx, cailloux d'Égypte, cristaux
de roche, etc.

ORFÉVRERIE

54 — Deux belles boîtes à poudre du temps de Louis XIV,
en argent ciselé et gravé, et portant des armoiries.

55 — Gobelet en argent repoussé à figures d'enfants sur
fond doré; xviiie siècle.

56 — Deux autres gobelets en argent doré, l'un d'eux repoussé à fleurs et l'autre gravé. Même époque.

57 — Petite cassolette en argent repoussé, surmonté d'un
oiseau.

58 — Gobelet à couvercle en argent repoussé à figures et
fleurs, et doré en partie; xviiie siècle.

59 — Deux sucriers en forme de boîtes oblongues en argent
repoussé. Même époque.

60 — Plateau carré à contours en argent repoussé et doré.

61 — Deux salières en argent doré et niellé. Travail russe.

62 — Deux petites lampes et un passe-thé en filigrane d'argent.

63 — Deux petits plateaux présentoirs en argent repoussé, doré en partie ; le bord est décoré de fleurs et porte un écusson armorié; xviii⁰ siècle.

64 — Cuvette ovale en argent. Le bord est décoré de coquilles, d'ornements rocaille et de groupes de fruits.

65 — Petite corbeille ovale en argent, découpé à jour et décorée d'ornements ciselés.

66 — Deux théières Louis XV en argent repoussé, à côtes et à ornements.

67 — Vidrecome en argent doré en partie, incrusté de médailles dorées; xvii⁰ siècle.

68 — Gobelet de même travail.

69 — Gobelet en argent repoussé, à médaillons de paysages et groupes de fruits, reposant sur trois boules.

70 — Gobelet analogue, décoré de jeux d'enfants.

71 — Gobelet évasé en argent repoussé à fleurs et rin-
ceaux.

72-74 — Six gobelets en argent repoussé, variés de décors.
Ce lot sera divisé.

75 — Service à thé en argent repoussé à côtes, composé
de quatre pièces.

76 — Sucrier en forme de vase, sur plateau en argent repoussé à côtes et gravé à ornements.

77 — Cuiller à punch en argent repoussé à ornements rocaille et à manche en ivoire.

78 — Douze fourchettes en argent avec manches en porcelaine de Saxe décorés de fleurs.

79 — Petit pot à crème en argent gravé et doré.

80 — Deux petits cendriers en argent niellé. Travail russe.

81 — Petit panier en filigrane d'argent.

82 — Petit coffret à angles coupés en filigrane d'argent.

PORCELAINES

83 — Deux jolis cache-pots de forme droite en ancienne
porcelaine de Chine, à anses mufles de lions et décor
de fleurs en bleu, rouge et or.

84 — Six couteaux et six fourchettes à manches en ancienne
porcelaine de Saxe, décorés de fleurs.

85 — Service de porcelaine décoré de fleurs, dont partie
en vieux saxe et partie en porcelaine russe.

86 — Deux petits plateaux à bords à jour en porcelaine
russe, portant la marque du directeur Gardner.

87 — Cinq assiettes de même porcelaine et de décor analogue.

88 — Cabaret en porcelaine de Saxe, décoré de branches
de fleurs. Il se compose de six grandes pièces et douze
tasses.

89 — Flacon en ancienne porcelaine du Japon, à côtes et
décoré en bleu, rouge et or.

90 — Plateau ovale à contours, décoré de branches de
fleurs.

91 — Divers petits groupes en porcelaine de Saxe.

92 — Trois grands plats en porcelaine de l'Inde, décorés
de fleurs.

93 — Vase en forme de balustre en porcelaine craquelée
de la Chine, à figures et vases réservés en relief et décorés en camaïeu bleu.

94 — Deux petits plats creux en porcelaine de Chine, à
décor bleu.

OBJETS VARIÉS

95 — Pendule du temps de Louis XIV, forme dite reli-
gieuse en marqueterie des trois parties et garnie de
bronzes. Mouvement de *D. Lheritier, à Paris.*

96 — Petit vase en ivoire sculpté, représentant des jeux
d'enfants et monté sur un pied orné de coquilles et de
mascarons.

97 — Album avec reliure en malachite.

98 — Plateau oblong en émail de Chine, décoré de figures
de style européen.

99 — Coupe ovale en agate d'Allemagne, avec monture en
bronze doré, en forme de branchages.

100 — Petite coupe ronde à couvercle en jade vert.

101 — Sceptre en jade vert.

102 — Petite boîte rectangulaire en émail de Chine, décorée de fleurs sur fond blanc.

103 — Boîte à jeux en ivoire enrichie de petits bas-reliefs
sculptés et contenant quatre petites boîtes avec jetons
en ivoire, repercée à jour.

104 — Dague à poignée incrustée d'argent.

105 — Deux petites jardinières rectangulaires en cuivre doré, ornées de parties émaillées et de petites mosaïques de Florence.

106 — Garniture de toilette en cuivre laqué noir, décorée de figures.

107 — Bloc de malachite de très-belle nuance.

108 — Table carrée en marqueterie de Chiraz, sur pied en acajou.

109 — Petit cabinet en laque rouge de Pékin.

110 — Statuette de Vénus sortant du bain, en bronze.

TAPISSERIES & GUIPURES

111 — Dix tapisseries verdures, quelques-unes avec personnages, animaux et oiseaux.

112 — Divers rideaux ou tapis de table en guipure.

113 — Diverses bandes de dentelles blanches, point d'Alençon et autres.